LETTRES INÉDITES

DU

COMTE JOSEPH DE MAISTRE.

> «L'auditoire du Comte de Maistre
> grandit encore de jour en jour....
> Malgré les nombreuses éditions, ses
> écrits sont toujours recherchés.»
>
> (Préface de son fils, le Comte Rodolphe de
> Maistre, aux *Lettres et Opuscules du Comte
> Joseph de Maistre*, Paris, 1853.)

St.-PÉTERSBOURG.

A. CLUZEL

LIBRAIRE ÉDITEUR

COMMISSIONNAIRE DE LA BIBLIOTHÈQUE IMPÉRIALE ET DE PLUSIEURS AUTRES

ÉTABLISSEMENTS SCIENTIFIQUES IMPÉRIAUX. — PERSPECTIVE DE NEVSKY N° 4.

1858.

IMPRIMERIE DE L'ACADÉMIE IMPÉRIALE DES SCIENCES.

PRÉFACE.

La pensée du Comte Joseph de Maistre embrassait des mondes. Tout vestige de son infatigable activité est du domaine cosmopolite dans la plus large acception du terme. On ne saurait assez se féliciter d'être à même d'ajouter à l'édition posthume des correspondances et autres écrits de cet illustre littérateur, oeuvre pieuse dont son fils le Cte Rodolphe de Maistre s'est acquitté avec tant de succès, — quelques lettres jusqu'aprésent ignorées et inédites, se rapportant à l'une des époques les plus intéressantes de cette existence si remplie d'événemens et de travaux.

Le Cte Joseph de Maistre était alors Ministre de Sardaigne à St-Pétersbourg, où il a composé son célèbre ouvrage *Du Pape*, ainsi que d'autres écrits, qui ont paru plus tard. Elève des Jésuites, il a quitté la Russie quelque tems après l'expulsion de cet ordre. Décédé à Turin en 1821, il y a été enterré à l'Eglise des Jésuites.

Parmi les lettres qui suivent, et qui toutes ont été écrites à Sᵗ-Pétersbourg en 1810, quatre sont adressées à l'Amiral Paul Tchitchagoff, tandis que l'auteur adresse la cinquième, accompagnée d'une dissertation sur le mot *Patrie*, à Madame Tchitchagoff, épouse de l'Amiral. Du reste, à en juger pas la manière dont finissent les lettres sub NNᵒˢ II et III, le Cᵗᵉ de Maistre entendait s'entretenir à la fois avec les deux époux.

En 1810, Mʳ de Tchitchagoff était Ministre de la Marine Russe, mais il voyagea en Allemagne et séjourna à Paris, en vertu d'un congé motivé par les soins que réclamait sa santé et surtout celle de sa femme.

Fils de l'Amiral Basile Jakowléwitch Tchitchagoff qui a laissé un nom illustre et vénéré dans la flotte Russe, qu'il avait plusieurs fois conduite à la victoire, — Paul Tchitchagoff fit ses études en Angleterre, pays, qui depuis lors eût toujours, de son propre aveu, toutes ses prédilections.

Aussi, épousa-t-il plus tard Miss Elisabeth Proby,

dont le père était Amiral Anglais. Cette compagne qui était une nature d'élite, n'embellit pas longtems l'existence laborieuse de son mari, car elle mourut en 1812, laissant trois filles en bas âge, dont les soins ont pu adoucir l'immense douleur de l'Amiral, mais sans pouvoir lui faire oublier jamais l'étendue de sa perte.

D'après les *Mémoires de l'Amiral Tchitchagoff*, publiés à Berlin en 1855, il avait été la dernière fois à St-Pétersbourg, quelque tems après le passage de la Bérésina *). C'est alors qu'il obtint un congé illimité, avec la faculté de vivre à l'étranger, tout en restant Sénateur et Membre du Conseil de l'Empire. Antérieurement à la campagne de 1812, il avait commandé le corps d'armée de Moldavie. Il paraît que ce séjour à St-Pétersbourg n'eut qu'une courte durée. Selon toute apparence, il pensait revenir bientôt, car en s'éloignant, il avait laissé une grande partie de ses papiers entre les mains de ses deux frères, Pierre et Basile. Il est question de ce dernier dans la lettre IIme de ce recueil et c'est à lui qu'est adressée une

---

*) On lui a attribué dans le tems une relation de cet événement, publiée par un *témoin oculaire*, en 1815, à Londres sous le titre: «Critical situation of Bonaparte» etc.

lettre du Cte Joseph de Maistre, insérée dans la publication posthume de son fils *).

Les deux frères Tchitchagoff moururent en 1826. Pendant leur maladie, l'Amiral s'était adressé à l'Empereur Alexandre I, en demandant qu'un des ses amis, qui occupait une position marquante dans le pays, fut chargé d'organiser une curatelle pour la gestion des biens de la famille Tchitchagoff et la liquidation de ses dettes, dont le chiffre s'élevait à 1,200,000 roubles assignats, tandis que l'actif ne représentait qu'un million environ. La correspondance de l'Amiral avec l'ami qui veillait à ses intérêts en Russie, témoigne de sa profonde reconnaissance pour l'abnégation sans pareille, comme il le dit dans ses lettres, dont furent données de continuelles preuves pendant plusieurs années, au milieu de l'accomplissement d'une tâche, que Mr de Tchitchagoff lui-même reconnaissait être des plus rudes et à laquelle il a constamment réfusé de concourir par sa présence à St-Pétersbourg. Sur le déclin de sa belle carrière, cet ami trouvait une douce satisfaction à se rappeler d'avoir réussi à contenter tous les créanciers de ceux,

------

*) *Lettres et Opuscules du Compte Joseph de Maistre*, 2 volumes, Paris 1853, page 492, tome I.

auxquels l'avait lié une appréciation réciproque, et cela encore à un âge, où le coeur de l'homme est ouvert aux meilleures impressions.

C'est cet ami de jeunesse, feu le Sénateur Baron André de Bühler, Conseiller intime actuel de l'Empereur de Russie, qui fut dépositaire des papiers de la famille Tchitchagoff, parmi lesquels se trouvèrent aussi ceux que l'Amiral avait laissés dans le tems chez ses frères. De ce nombre, la correspondance avec l'Empereur Alexandre I, les rescrits de Catherine II à son père, Basile Jakowléwitch Tchitchagoff, ainsi que d'autres pièces que l'Amiral réclama, lui furent envoyées à Paris. Restaient à St-Pétersbourg deux liasses, qui auraient pu, en cas de demande, lui être également expédiées, quoique les communications étaient alors très difficiles, comparées aux facilités, qui, grâce à la vapeur, augmentent actuellement tous les jours; — mais ces liasses ne furent jamais redemandées et oubliées peut-être, durant un long séjour à l'étranger qui relâchait de plus en plus les relations de Mr de Tchitchagoff avec son pays natal.

Après la mort du dépositaire de ces papiers, suivie de près de celle de l'Amiral lui-même, sa correspondance avec l'Ambassadeur Cte Simon Woronzow, a été remise à son fils, le Feld-Maréchal Prince Woronzow. Quant à une liasse, qui contenait principalement des papiers relatifs à la gestion du Ministère de la Marine, elle est devenue propriété des Archives de l'Etat. C'est en faisant un triage des papiers renfermés dans cette liasse, auxquels personne n'avait touché pendant 40 ans, qu'on a trouvé les autographes en question, qui y occupaient peu de place, vû le format et la qualité du papier employé par le Cte de Maistre, et à cause de son écriture excessivement menue, dont un fac-simile est joint à cette publication. Il a été pris, par procédé photographique, à la Bibliothêque Impériale publique de St-Pétersbourg, à laquelle appartiennent maintenant ces autographes.

St-Pétersbourg, 5 Juillet 1858.

Fac Simile du Post Scriptum de la lettre M.3.

P.S. Vous avez peut-être entendu dire que j'ai la vue basse...
Si jamais vous vous trouvez par hazard abouché avec un opticien
dans la ville des arts, demandez-lui, je vous prie, comment devroit être
faite une lunette de poche ou d'opéra, comme il vous plaira, pour un homme
extrêmement myope, me trouvant obligé avec les lunettes ordinaires de
fermer toutes les boîtes, la puissance amplifiante est anéantie et la lunette
ne me sert pas plus qu'une simple lentille concave. en augmentant à
l'excès la courbure de l'oculaire je crains de produire une aberration trop
forte et trop nuisible à l'effet. vaudroit-il mieux placer deux oculaires
concaves au lieu d'un ? ce qui m'a fait naître cette idée c'est que lorsque je
me sers de ces sortes de lunettes destinées à des yeux ordinaires, en les appliquant
à ma lorgnette, je vois assez bien ce qui m'a fait imaginer cette construction.

Quand même j'aurois tort ce ne servit jamais une platitude je sens bien
l'inconvénient des rayons perdus. procurez-vous de grace une réponse sur ce
cas de conscience.

1.

L'Amiral Tchitchagoff à Paris. — Dîner chez son frère. — Sommeil du Cte de Maistre. — Mot de Voltaire. — Santé de Mme Tchitchagoff. Conseils de retour et de divorce. — Le Marquis de Traversé. — Propos de bal; nous dansons tous. — Système de Copernic; la matière n'est rien; raison du mouvement de la Terre autour du Soleil donnée par un horloger Génevois.

St-Pétersbourg, 17 (29) Janvier 1810.

Monsieur l'Amiral,

J'ai reçu avec un extrême plaisir votre charmante épitre du 20 Décembre dernier. Je commençois à craindre que la mienne ne vous ayant plus trouvé à Francfort n'eut fait fausse route, ou qu'elle se fut tenue en panne, ou qu'elle se fut amusée à courir des bordées ridicules. Me voilà tranquille sur tous ces malheurs. Elle a mouillé [1]) aux Tuileries et vous la tenez. Aujourd'hui je dîne chez vous [2]), mais vous n'y serez pas. Quelle idée avez vous eu d'aller dîner ailleurs? je ne change sur rien, comme vous savez.

Mes systèmes ne sont pas plus variables que mes affections; ainsi je ne m'accoutume point à ne pas vous trouver chez vous, et toujours je suis tenté de vous laisser des billets, avec la magnifique devise *Pour faire visite*. Revenez, M^r l'Amiral, revenez, pour épargner mes billets. Puisque tôt ou tard vous devez me donner raison, pourquoi ne pas me croire tout de suite? quelque parti que vous preniez, vous ne devez pas craindre que je vous oublie. J'ai dans l'idée qu'une fois ou l'autre je sommeillerai encore dans un de vos fauteuils et que dans les entre-actes nous disputerons moins. Voltaire a dit: *Etes-vous disputeurs mes amis? voyagez;* or, à cette époque que j'entrevois dans l'avenir, nous aurons l'un et l'autre beaucoup voyagé, de manière que nous disputerons peu et je dormirai davantage. Quoique vous en disiez, M^r l'Amiral, je ne suis pas tranquille sur la moitié de vous même. Il me parait qu'elle n'est pas bien couchée et qu'elle a froid. Croyez-moi encore, enveloppez-la bien et ramenez-la-nous; ou bien je vous conseille de vous écarter un peu des règles, et de brusquer le divorce (que j'ai trouvé au reste parfaitement fondé). Quand elle aura la bride sur le cou, il faudra bien qu'elle aille ici ou là, et certainement elle choisira la place la plus convenable à sa santé. Dès qu'elle aura pris poste, vous lui courrez après, et comme je vous connais, M^r l'Amiral, vous l'épouserez de nouveau. Je n'ai jamais fait l'expérience, mais je n'imagine rien de plus exquis, que le plaisir d'épouser sa femme. Ce conseil que je crois bon, est cependant toujours subordonné à celui de revenir dans ce grand pays où il y a comme ailleurs de l'air, de l'eau, du feu, du vin, des amis, des dames; en un mot, tous les élémens. Je suis grandement fâché que vous n'ayez pas assisté à la grande organisation qui s'opère dans ce moment [3]). Une place vous était due parmi les pères de la patrie. Votre demi-successeur [4]) est assis-là; il est né gentilhomme français, dans les Antilles. C'est un saut assez singulier. Il passe généralement pour un homme également actif et honnête; il regrette sans doute et tous les jours il regrettera davantage la tranquillité de Nicolaieff; mais l'homme doit-il, c'est-à-dire peut-il faire ce qui lui plait? Souvent je me rappelle le mot qui fut dit à Philadelphie, dans un bal, à une jeune demoiselle qui s'amusait à jaser avec un jeune homme, au lieu d'aller prendre sa place marquée dans une contre-danse. Je ne sais quel maître de cérémonies, usité dans ce pays, lui dit de l'air le plus sévère: «*Mademoiselle! croyez vous être ici pour vous amuser?*» Il en est du monde précisément comme du bal. *Nous n'y sommes point pour nous amuser,* mais pour danser suivant notre talent, l'un le menuet, l'autre la walse etc. Nous avons beau dire: je suis fatigué, je suis mal accompagné, mon **Partner** est un lourdaud, l'orchestre joue faux etc. Tout cela ne signifie rien, il faut danser, sans autre excuse valable que celle de ne pas savoir danser. Vous ne sauriez croire, M^r l'Amiral, combien je suis fâché d'être beaucoup plus âgé que vous; car peut-être lorsque

vous serez de mon avis sur tout, ce qui arrivera certainement une fois, moi je radoterai; mais j'espère que vous di-
rez à mon fils: *feu M. votre père qui se porte à merveille,
grâce à Dieu, avait bien raison lorsqu'il me disait* etc.

Sur les *Te-Deum*, jamais nous ne disputerons, ils ont véritablement grand besoin de pardon. Je disputerai encore
moins sur le système de Copernic que vous me citez fort à
propos, quoique vous vous trompiez beaucoup dans l'argu-
ment que vous tirez de la grandeur respective des corps:
c'est un sophisme moderne qu'il faut abandonner. La matière seule n'est rien et n'a aucune valeur, aucune dignité
quelconque. Le plus infime insecte est mille fois plus admirable que l'anneau de Saturne, et si une intelligence
animoit un grain de sable dans l'espace, il n'y aurait rien
d'étonnant de voir tourner tous les corps célestes autour
de ce grain de sable, en supposant ces corps inanimés et
dépourvus d'habitans. Heureusement il y a d'autres raisons,
pas meilleures cependant que celles qui me furent dites
jadis par un horloger de mon pays. «Je me suis convaincu,
«me dit-il, que c'est la terre qui tourne et non le soleil,
«par une raison *bien simple,* c'est qu'il est absurde de vou-
«loir faire tourner le feu autour du rôti». — Il n'y a rien
à répliquer, comme vous voyez, et j'espère que vous me
remercierez.

Mon frère est toujours où vous l'avez mis [5]) et il est charmé
d'être confondu avec moi dans votre coeur et dans vos
pages; il me charge très-expressément de vous offrir ses

hommages. Nous voulons aussi être confondus auprès de Madame que nous honorons et chérissons fort, quoique vous nourrissiez contre elle des projets sinistres. C'est encore un point sur lequel vous nous trouverez toujours prêts à disputer, *au risque de vous choquer.* Nous vous remercions ensemble de ce que vous avez la bonté de nous appeler souvent à vos conversations. et nous espérons un peu que Mme de Tchitchagoff, voyant que nous tenons si fortement son parti, daignera nous accorder quelques phrases de plus. C'est un grand plaisir pour moi que celui de parler de vous avec mes amis, ce qui m'arrivera aujourd'hui à dîner. J'en parle aussi quelquefois avec d'autres personnes comme je dois et comme je pense, mais toujours en désirant que vous soyiez ici. Au reste, M^r l'Amiral, soyez ici ou soyez là, de loin ou de près, ma reconnaissance et mon attachement vous suivront fidèlement, et j'espère que vous n'en doutez pas. Je prie M^e votre épouse d'agréer mes tendres et respectueux complimens, je fais mille voeux pour sa santé et pour celle de ses aimables enfans. Tout à vous, M^r l'Amiral, je vous embrasse de tout mon coeur.

11.

Vente de la maison paternelle de l'Amiral. — Le Marquis de Traversé. — Xavier de Maistre. — Condamnation à mort. Souhaits de
paternité. — Fêtes de Paris.

St-Pétersbourg, 22 Mars (13 Avril) 1810.

Monsieur l'Amiral,

Je ne veux point attendre une de vos lettres pour répliquer. J trouve une occasion; j'en profite. Quand même
je vous croiserois en chemin, le mal sera léger. Hier, pour
la dernière fois, j'ai mis le pied dans votre maison paternelle. J'ai été voir l'excellent Basile Vasiliewitch [6]) qui
venait de la vendre, et qui était sur le point de partir. Je
l'ai embrassé tristement en lui souhaitant toute sorte de
bonheur. Toutes les choses qu'on fait pour la dernière fois
sont tristes: or il est bien certain que je ne rentrerai plus
dans cette maison. Il m'a promis de me donner de ses
nouvelles, mais qui sait *si* et *quand* je le reverrai. Dieu
sait combien nous avons parlé de vous et de tout ce qui

peut vous intéresser. Je me suis rappelé tant de discours que j'ai tenus avec vous sur le papier-monnaie. Vous me prouviez en riant que c'était de l'or en barre. Aujourd'hui mon incrédulité, qui n'a jamais trop cru aux lingots de papier, devient encore plus impertinente et je ne cesse de penser à vous. Je vais souvent dans la maison que vous occupiez, et quoiqu'elle soit habitée aujourd'hui par de fort aimables et excellentes gens dont je reçois beaucoup de politesses amicales, j'y trouve cependant beaucoup de souvenirs tristes, et toutes ces idées s'engrainant l'une à l'autre comme des grains de chapelet, il se trouve qu'à la fin j'en ai fait une fatigante collection. Quelquefois je pense que si je me déguisois en *Feld - Jäger*, je pourrois fort bien obtenir une commission de courrier et aller vous faire visite sans le moindre inconvénient, mais bientôt je me dégoûte en pensant combien je possède peu les talens d'un postillon. Un aveugle n'est bon ni à pied ni à cheval: assis, tout au plus il peut faire sa figure. Ce que je fais souvent, c'est de penser au plaisir que j'aurais, si j'allois vous surprendre dans ce *renommé village de Paris situé sur le ruisseau de Seine* comme disait *notre* ami Voltaire. Du pied de l'escalier je commencerais à crier *c'est moi! c'est moi!* et votre adorable moitié qui a les nerfs délicats, crierait à son tour — *shut the door! lock it up!* [7]) c'est un fou qui veut entrer par force! En vérité, je m'amuse souvent à penser à cette entrevue.

Quoique je vous aie dit dans ma dernière lettre: Revenez, M^r l'Amiral, revenez! il est bien entendu que si vous pouvez revenir en restant, j'y consens de tout mon coeur, même à mes dépens, puisque je ne vous verrai pas; mais il peut y avoir des occasions où l'on doit sacrifier ses inclinations.

J'ai fait déjà une certaine connoissance avec votre successeur, ou pour mieux dire, car il faut être clair, avec votre Lieutenant. Il me traite et m'écoute dans l'occasion, avec beaucoup de politesse; cependant ce n'est pas tout à fait la même chose, *upon my honour*. Saveli Saveliewitch est plus désappointé que moi; car il a perdu son appartement; et pour comble de malheur, il y a un ukase fondamental de Pierre I, qui défend de coucher à côté des livres ou autres collections de ce genre; de sorte qu'il faut se loger ailleurs, car l'on ne peut rien faire contre une loi fondamentale. La Surintendance de la Chancellerie pour les langues étrangères étant devenue un *Sine cura*, comme on dit à Londres, qui sait ce qu'il en arrivera! (quoiqu'on n'ait prononcé encore aucun mot alarmant). Somme toute, le *Brat* ⁸) me paroit un peu et même beaucoup en l'air. Son humeur en a beaucoup souffert; déjà mélancolique par caractère, plus qu'on ne le croiroit au premier coup d'oeil, il l'est devenu beaucoup plus par ce point de vue sinistre accompagné de plusieurs autres. Quant à moi, Monsieur l'Amiral, j'ai toujours cette égalité d'humeur que vous connaissez et qui ne se vend dans aucune boutique. Ce n'est pas que je ne voie tout ce que voient mon frère ou d'autres; mais j'ai pour maxime que lorsqu'on est condamné à être fusillé, ce qu'on a de mieux à faire, c'est d'aller de bonne grâce au piquet, autrement les spectateurs se moquent de vous et l'on n'est pas moins fusillé — *all is over with me.* Je ne dois plus voir mes enfans: ce n'est donc plus vivre; c'est tout-au-plus n'être pas enterré. Je ne vis plus que par mes souvenirs, par les lettres que je reçois et par celles que j'écris; et par l'étude qui va son train comme si j'étais au collège. J'ai entendu lire, du moins en partie, une charmante lettre de votre façon où vous donnez un fort bel apperçu du *renommé village.* Mme de Tchitchagoff commence-t-elle à comprendre qu'on y puisse vivre! je désire de toutes les forces de mon coeur que le climat soit favorable à sa santé, mais ce qui me comblerait de joie (ceci entre nous comme vous sentez) c'est que vous rapportassiez de ce pays un empêchement décisif à ce divorce dont vous me parliez dans votre dernière lettre; je vous en prie, faites celà. Vous allez voir des fêtes qui me semblent devoir mettre toutes les imaginations en jeu. Quel bruit! quelle splendeur! Je vous prie, M^r l'Amiral, de me raconter tout celà dans une longue lettre ou bien de vive voix, la première fois que j'aurai l'honneur de vous voir, ce qui ne saurait tarder. — Je bouffone avec ma plume, et ma tête est pleine d'idées sinistres. Cependant il seroit possible que nous vissions une ère nouvelle à certains égards. Qui sait ce que peut produire tel ou tel événement. Tout dans l'univers est dans une fluctuation continuelle

> Et rien, afin que tout dure,
> Ne dure éternellement.

Je me tiens donc prêt et résigné à tous les événemens imaginables; s'il arrive quelque chose de mieux que tout ce que j'ai supposé possible, *corocho!* [9]) mais dans aucune supposition je ne puis être surpris.

Mme de Tchitchagoff veut elle bien agréer mes tendres hommages! il me semble que l'expérience du Soleil va commencer. Hâtez-vous, je vous en prie, de m'en apprendre le résultat. Pour célébrer ici l'heureuse entrée du Soleil dans la constellation du Bélier, nous avons eu 18° de froid; j'espère que vous aurez eu quelque chose de moins. J'ignore vos projets. Peut être que vous vous approcherez encore du bel astre. Faites comme il vous plaira, mais raccommodez s'il vous plait cette santé physique dont votre santé morale dépend en grande partie. Quelquefois, en prenant le thé, rappelez-moi à votre mémoire: supposez si vous voulez, que je dors et que je vous dis des demi-phrases en coq-à-l'ânes [10]); pourvu que vous pensiez à moi, peu m'importe que vous vous en moquiez tant soit peu. Agréez, Monsieur et Madame, les respects de mon fils [11]), et croyez moi pour la vie votre très-dévoué serviteur et ami.

III.

St-Pétersbourg, 6 Mai N. S. 1810.

Votre lettre du 8 Avril, Monsieur l'Amiral, m'est parvenue avant-hier. Je vois qu'à la date de cette longue et aimable épitre vous n'aviez point encore reçu la mienne du 3 Avril dernier, mais j'espère que depuis longtems elle vous sera parvenue. Elle vous aura prouvé que je n'ai point attendu nos douces sémonces pour songer à vous écrire. Pour vous répondre par ordre, j'approuve d'abord infiniment votre équation conjugale: $Je = Nous$. Ainsi, dans tout ce que vous pourrez me dire d'obligeant, je sous entendrai un *facteur* caché qui change le singulier en pluriel. C'est bien mon intérêt d'ailleurs de l'entendre ainsi;

vos lettres déjà si agréables en elles-mêmes, le deviennent encore davantage par cette supposition. On a beau être sévère et *même un peu sauvage*, comme vous, comme moi, comme feu Hippolyte, une femme cependant ne gâte rien. Un autre avantage de ce *facteur* c'est que je n'ai jamais l'envie de me battre avec lui. Nos ancêtres se brouillèrent pour certaines questions de quelqu'importance, sans nous consulter (notez bien ce point capital). Cet article excepté, nous sommes d'accord sur tout, au lieu qu'entre vous et moi il y a guerre personelle et combats terribles, qui fairoient pâlir les plus intrépides, si les combattants n'avaient pas toujours fini par s'embrasser. Je crois cependant que plus d'une fois il m'est arrivé dans nos querelles de n'être pas entendu parfaitement. J'en vois encore un exemple dans mon *insecte* auquel je ne veux sûrement point faire plus d'honneur qu'il en mérite. Toute ma métaphysique porte sur ce principe inébranlable: que tout a été fait *par* et *pour* l'intelligence. La matière même, à proprement parler, n'existe pas indépendamment de l'intelligence. Essayez, M^r l'Amiral, de vous former l'idée du monde matériel sans intelligence, jamais vous n'y parviendrez. J'ajoute que la vie seule est encore un infiniment grand, comparée à la matière brute qui n'est rien, et qu'un *insecte* est mille fois plus admirable que l'anneau de Saturne. Je ne prétends pas cependant faire tourner le monde autour d'un insecte, mais je dis que s'il n'y avait que lui et la matière brute dans l'univers il n'y aurait pas la moindre raison de lui refuser cet honneur. En verité, M^r l'Amiral, il me semble que celà est très-clair et très-plausible.   ·

Il serait inutile, je crois, de vous dire, combien j'ai été charmé d'apprendre que le changement de climat agit merveilleusement sur la santé de M^e votre épouse. Tirez tout le parti possible de cette influence : sur cet article nous ne disputerons pas. Voyez même quel poids j'accorde à cette considération. S'il faut pour que Me de Tchitchagoff se porte bien *toujours*, qu'elle vive *toujours* hors de votre patrie, soyez *toujours* absent, je n'ai rien à dire. Je crois, en thèse générale, que tout homme est tenu de servir son souverain et son pays tels qu'ils sont; mais s'il doit s'éloigner pour sauver sa vie et *à plus forte raison* celle de sa femme, pour moi je l'absous de tous mon coeur. Je suis bien aise que vous ayez approuvé ma comparaison du bal: vous m'échappez cependant à votre ordinaire, car dans l'Europe, l'Asie, l'Afrique, l'Amérique, la Polynésie et l'Australasie, vous n'avez point d'égal pour la riposte; cependant comme disait Dacier et ensuite Voltaire: *Ma remarque subsiste*. Je répète que j'admets *l'exception de la femme*... Sornettes que tout celà. Voilà donc un cas *irréductible* sur lequel nous ne pourrons jamais nous accorder. Je doute qu'il en soit de même du suivant, si vous m'accordez du moins, comme je l'espère, un moment d'audience. Vous croyez que les circonstances finiront par nous réunir; moi je n'en crois rien, et voici mes raisons.

L'homme porte en lui deux juges plus ou moins intègres: la conscience et le goût, qui est aussi une espèce de conscience; surtout si on le prend comme je le fais ici dans son acception la plus étendue, car le goût n'est que la *conscience du beau,* comme la conscience n'est que le *goût du bon.* A ne consulter d'abord que cette conscience secondaire, elle m'apprend qu'à mon âge tout changement est ridicule et mal interprété par l'opinion. Vous même, M^r l'Amiral, qui m'accordez beaucoup d'amitié et qui êtes fâché de voir que je me perds (ce qui est vrai dans un sens), vous seriez le premier à trouver que je n'ai point de grâces dans ma nouvelle carrière et que je marche mal.

Mais pour m'élever un peu plus haut, je n'ai pas de ces bras souples toujours prêts à s'étendre pour un nouveau serment. J'en ai prêté un à Dieu dans l'église Catholique, j'en ai prêté un autre à mon souverain en naissant dans ses Etats. Je l'ai confirmé librement comme Vassal, comme Magistrat, et comme Ministre. Tout est dit. Je n'y ai mis aucune condition. Je n'ai point dit: *à condition que vous serez heureux : à condition que tout ira bien pour vous et pour moi* etc. Je n'ai rien dit de tout celà, et c'est une abomination d'ajouter des clauses de son chef à des actes clos et signés. Maintenant si ce souverain me rejette, je tâcherai de me procurer une existence tolérable sous les lois d'un autre; mais s'il croit avoir toujours besoin de moi, lui dirai-je *non?* Jamais, M^r l'Amiral, jamais. On me dira comme on me l'a déjà dit — *Mais c'est le chemin de l'hôpital.* Premièrement je n'en sais rien, car dans ce monde, tout pervers qu'il est, la compassion n'est pas cependant absolument éteinte. Mais mettons la chose au pire. Quand je mourrois dans un galetas, croyez-vous que ce grand événement influât sur l'année tropique ou sur l'année sidérale? Un homme n'est rien. Il n'importe nullement qu'il meure ou qu'il crêve, mais ce qui importe beaucoup, c'est qu'il n'y ait pas un vilain de plus dans le monde, car il y en a déjâ beaucoup trop. Si de ces considérations majeures tirées du devoir et du sentiment des convenances, nous descendons à quelque chose de plus grossier, que ferai-je sans or dans un système où l'or est tout, puisque les puissances morales sont détruites et qu'il s'agit de les refaire? Un homme qui porte un de ces noms historiques capables de jeter de l'éclat sur un nouvel ordre de choses, fait bien (si d'ailleurs il n'est retenu par rien) de se vendre et même de se faire marchander; moi, j'ai la noblesse qui distingue la personne qui la possède, mais nullement celle qui peut illustrer le corps ou le parti auquel elle appartient. Je n'ai donc rien à offrir à un nouveau système, car pour les talents, je vous assure que je les donnerois pour un billet bleu, au change de 120 centimes. Tout ceci, M^r l'Amiral, n'est dit que d'une manière très-subordonnée et pour prouver que j'ai raison sous tous les rapports, car je ne crois pas que ces considérations d'intérêt doivent influer dans ces sortes de cas sur les décisions d'un honnête homme.

Qu'en dites vous, M^r l'Amiral? il me semble que cette
logique n'est pas extrêmement sotte, et je voudrois avoir
le plaisir de vous l'entendre avouer. Toute la question se
réduit donc pour moi à savoir dans quel pays je dois fixer
ma demeure; mais il me semble que cette question n'en
est pas une, et la moindre réflexion me démontre que
nulle part je ne serais mieux ni même aussi bien qu'ici.
Il y a longtems que vous m'avez écrit sur la liste de
ceux qui aiment le *Blondin* [12]). Nul sentiment n'a plus
d'empire sur moi que celui de la reconnaissance; et qu'est
— ce que je ne *Lui* dois pas? il m'a protégé *certainement*
plus que je ne le mérite et *probablement* plus que je ne le
sais. Cependant, à peine je suis connu de lui. Les circonstances le gênent, il est embarassé avec moi, je le sens
et si les convenances le permettaient, je disparoitrais tout
à fait de chez lui. Si quelque fois il m'adresse un mot
à la volée, autre embarras. Il n'a pas l'ouie fine; il parle
bas; la crainte de ne pas l'entendre fait que je ne l'entends
pas. Il me parle *Choux,* je lui réponds *Navets.* D'où vient
donc, je vous prie, la bienveillance dont il m'honore et
dont je ne puis avoir un meilleur témoin que vous même,
car souvent vous m'en avez assuré? Ma probité seule (et
c'est le seul compliment que j'accepte) a pu me valoir ce
bonheur. Or, dites-moi, je vous en prie, est ce donc une
légère qualité que ce tact qui reconnoit la probité et lui
rend justice, même dans la personne d'un étranger qui n'a
jamais pu rien mériter de lui? Je suis persuadé que sur

ce point vous pensez comme moi: je serois donc un écervelé d'abandonner cette protection pour aller dans d'autres pays présenter ma jeunesse, à qui?... ma foi! je n'en sais rien. Je n'ai jamais eu, depuis le grand tremblement de terre, qu'une seule ambition réelle, celle d'influer sur le bien-être de celui à qui je suis attaché: pour satisfaire cette ambition, je me suis exposé comme vous le savez. Je n'ai pu réussir; je ne demande plus aux hommes que l'oubli, et comme c'est la chose qu'ils accordent le plus volontiers, j'ose croire que sur cet article au moins je ne serois pas éconduit.

J'ai cru devoir à votre amitié, M^r l'Amiral, cet exposé de ma conduite. J'espère que si vous y réfléchissez bien, vous l'approuverez complètement; il est vrai que ce système me conduit à une véritable mort civile, et me prive pour jamais de ma femme et de mes enfans; c'est la plus épouvantable amertume qui puisse m'affliger, mais à celà point de remède honnête. Quand on est condamné à mort, ce qu'on a de mieux à faire, sans doute c'est de marcher ferme au lieu de l'exécution; autrement les spectateurs se moquent de vous et l'on n'en fait pas moins le saut dans l'autre monde. J'ai voulu profiter d'une occasion sûre pour jaser un peu avec vous à coeur ouvert, afin que vous ne me croyez pas un homme romanesque. Maintenant je passerai à d'autres objets.

J'ai été ravi de savoir que vous faites apprendre le Latin à Mlle votre fille: cette langue est à peu près le seul ou du moins le meilleur vaisseau sur lequel les habitans de l'Asie puissent aborder en Europe; mais qu'il est difficile de savoir les langues antiques au point où elles peuvent influer moralement sur vous, c'est-à-dire, jusqu'au point où elles pénétrent dans la moëlle des os et se convertissent dans nous *in succum et sanguinem!* (Mlle Julie[13]) vous expliquera ces deux mots). A propos de Latin, je puis vous assurer, M^r l'Amiral, qu'on ne le sait presque plus au pays où vous êtes. J'en juge par les échantillons que je vois dans les papiers publics, mais surtout par les inscriptions mises sur le fronton du palais du Corps Législatif à l'occasion du grand mariage: *Napoleo Magnus* etc. Je n'ai rien lu d'aussi fade, d'aussi peu Latin, d'aussi étranger au style lapidaire. Il y a même des lignes qui font rire l'oreille, comme: *ad pacem orbis celeriter gradiens* (marchant à grands pas vers la paix du monde) — et d'autres encore. — Mandez-moi, je vous prie, quand je pourrai adresser un *poulet* latin à Mlle Julie: je n'y manquerai pas.

Il y a un article de votre lettre sur lequel je n'ai nulle envie de disputer: c'est celui où vous parlez du plaisir que vous goûtez tous les matins *au milieu des anges*, loin des sâles teneurs, des sâles écritoires, de tous les autres animaux de ce genre. Il faut en convenir, c'est le plaisir par excellence. Je conçois à merveille que les *anges* semblent vous appartenir davantage. Au reste, mon très cher Amiral, voici la fin de toute cette vie patriarchale; c'est que Dieu vous bénira dans le pays des miracles et de la galanterie, de manière qu'un beau matin vous mettrez le Latin à sa place, et toutes vos raisons pour le faire apprendre à vos filles, tombant ainsi à terre, Mlle Julie n'aura plus de raisons de faire entrer cette chienne de langue dans sa tête.

Je vous remercie des nouvelles que vous me donnez de la Lune: je ne suis nullement étonné qu'on y ait vu une femme; il y en a partout. Mais si l'on y a vu une femme, tenez pour sûr qu'il y avait aussi un homme. Si on ne l'a pas découvert, c'est qu'il était derrière. Je remercie affectueusement celle qui vous tient compagnie sur la terre de ses bonnes intentions à mon égard; je recevrai sa prose avec toute la reconnaissance imaginable; cependant je ne veux pas qu'elle fatigue ses yeux déjà trop occupés. J'espère que cette lettre ne vous paroitra pas faite en dix minutes. J'oublie volontiers le laconisme quand je vous écris; le fait est cependant que ma correspondance est augmentée au point que j'en perds la tête. J'ai fait votre commission au frère Xavier, qui aura sans doute le plaisir de vous obéir, mais non que je sache par ce courier, car il n'en a pas connaissance et je ne sais où le prendre. Bonjour, Monsieur et Madame, rappelez-vous, je vous en prie, que je ne cesse de vous faire des visites [14]). A votre tour, parlez quelquefois de moi le matin avec *les anges*. C'est l'heure des pères et des amis. C'est la mienne. *Yours*.

P. S. Vous avez peut être entendu dire que j'ai la vue basse. Si jamais vous vous trouvez par hazard abouché avec un opticien dans la ville des arts, demandez lui, je vous prie, comment devrait être faite une lunette de poche ou d'opéra, comme il vous plaira, pour un homme extrêmement myope. Me trouvant obligé avec les lunettes ordinaires de fermer toutes les boîtes, la puissance amplifiante est anéantie et la lunette ne me sert pas plus qu'une simple lentille concave; en augmentant à l'excès la courbure de l'oculaire, je crains de produire une aberration trop forte et trop nuisible à l'effet; vaudrait il mieux placer deux oculaires concaves au lieu d'un? ce qui m'a fait naître cette idée, c'est que lorsque je me sers de ces sortes de lunettes destinées à des yeux ordinaires, en les appliquant à ma lorgnette, je vois assez bien; ce qui m'a fait imaginer cette construction.

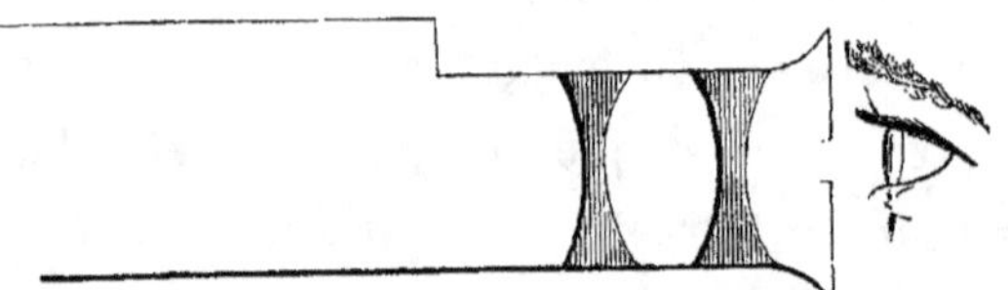

Quand même j'aurois tort, ce ne serait jamais une *platitude*. Je sens bien l'inconvénient des rayons perdus. Procurez-vous de grâce une réponse sur ce cas de conscience.

IV.

St-Pétersbourg, 8 Août (27 Jullet) 1810.

Monsieur l'Amiral,

Je suis enchanté que nos deux dernières lettres se soient croisées; vous aurez vu par mon exactitude spontanée que je n'ai pas besoin de sommation pour vous adresser des lettres que vous avez la bonté de désirer. J'ai ri de bon coeur (d'un rire de joie) en voyant ma prophétie sur Mme votre épouse si ponctuellement accomplie. De mon côté c'est un miracle, car toute prophétie est un miracle; de votre côté c'est un événement terrestre tel qu'on en voit beaucoup dans le monde. Je dois au reste, sans aller plus loin, vous présenter ici une réflexion importante. S'il y a quelque chose d'évident dans le monde c'est la loi des compensations. La bonne nature ne permet jamais de grands maux sur la Terre sans y porter remède : vous voyez par exemple que l'invention de la vaccine, qui diminue sensiblement la mortalité, est venue se placer à l'époque où nos crimes et nos extravagances l'avaient augmentée sans mesure. Mais elle ne se borne pas à celà. L'espèce masculine étant moissonnée de nos jours partout, et surtout en France, comme l'herbe des champs, soyez persuadé, M^r l'Amiral, que cette force conservatrice $= x$, qui pense à tout, ne manquera pas, ou plutôt n'a pas manqué de faire souffler sur la France un certain vent prolifique *saturé* d'atomes masculins. Or, comme le monde est conduit par des règles générales, les dames Russes, Anglaises etc. etc. qui voyagent en France et qui avalent ces atomes, en retireront le profit tout comme s'ils avaient été faits pour elles, en sorte qu'il y a mille à parier contre un que, sous peu de tems, vous serez père d'un joli petit *Gars*. — A-présent que j'ai suffisamment parlé de *naissance*, parlons de mort. Au moment même où j'entendis parler pour la première fois de l'épouvantable événement du 20 Juin, je pensai à vous — non, à Madame votre épouse, — et ensuite à vous. Certainement vous ne vous en fâcherez pas. Comment avez vous échappé heureusement à cette fatale invitation? ou si vous étiez de la fête [15]), comment vous en êtes vous tirés si lestement, car dans aucune rélation je n'ai rencontré votre nom, ce

qui me donne le droit, ce me semble, *to take for granted,*
ou que vous n'étiez pas de la fête, ou qu'il ne vous est
rien arrivé. Malgré cette démonstration négative, j'attends
encore avec empressement une assurance directe de votre
part. J'espère que l'état de votre chère Elisabeth [16]), autant que vos systèmes philosophiques, vous auront rete-
nus chez vous. — Quel triste animal que l'homme! il ne
peut se passer de ses semblables, et cependant, il n'y a
pas de grands rassemblements d'hommes sans danger physique ou moral. — Excepté à l'église, — et voilà pourquoi il s'y ennuye. — Mais revenons à votre sage solitude
qui probablement vous aura préservés: vous ne sauriez
croire combien je l'ai approuvée. Puisque vous n'êtes pas
ici et que sur ce point vous êtes inflexible, vous ne sauriez être mieux que dans une retraite patriarchale. — Mais
quoi! point de voiture! Tant mieux encore: cela vous va
très-bien, je vous assure. J'ai vu M^r votre frère qui a passé
ici comme une hirondelle, au point qu'il ne m'a pas été
possible de le voir chez lui. Il m'a dit qu'il allait vous
joindre. C'est fort bien fait, puisqu'il pense comme vous —
j'admire les têtes humaines et comment il y a dans cha-
cune d'elles quelque chose qui est inexplicable pour une
autre. Moi j'aurais cru que votre attachement au Maître
vous auroit ramené ici malgré *ceci et cela* qui pouvait vous
déplaire. Vous de votre côté, vous auriez cru que mon attachement à la patrie m'y auroit ramené de même malgré *ceci ou cela* qui pouvoit aussi me choquer. — Point

du tout: nous sommes tous les deux et nous demeurons inflexibles sur le *ceci et celà*. Au reste, il y a des replis si cachés dans le coeur de l'homme que, même entre amis, il y a des choses qui demeurent toujours invisibles à l'oeil d'un autre. Par exemple, M^r l'Amiral, ce qui vous écarte de ce pays n'est point, du moins exclusivement, tout ce que vous m'avez dit. Je vois le motif principal dans votre coeur comme je vois le soleil, et cependant je ne sais pas ce que c'est. Il n'y a rien pour moi de si évident ni de si inconnu, du moins hors d'un certain sens général. Quoiqu'il en soit, je vous souhaite toute sorte de bonheur possible sur la mer de la vie, quelque soit le rhumb que vous teniez.

Au moment où vous lirez cette lettre, M^r l'Amiral, mon frère aura traversé le Caucase et sera sur les frontières de la Perse. Vous allez dire d'abord, *est il possible?* mais en y réfléchissant, vous trouverez que rien n'est plus raisonnable. Mon frère étoit demeuré militaire, mais il occupoit un emploi civil: c'étoit une existence ambigue et pour ainsi dire *bâtarde*, dont l'assaisonnement, qui la rendoit douce, a disparu avec votre personne. Il avoit perdu le logement, ce qui est un grand article dans votre dévorante capitale, et il ne lui restoit plus guères d'espérance pour un avancement militaire. Certainement, nous n'avons, lui et moi, qu'à nous louer des procédés de M^r le Marquis de Traversé. — Mais sa politesse même pouvoit se trouver embarassée dans un moment de réforme et d'économie.

D'ailleurs vous êtes parti, ce n'est plus cela. Quelque soit le sort de mon frère, nous n'oublierons jamais, ni lui ni moi, que c'est à vous qu'il doit un état dans ce pays, et que les deux grades qu'il a obtenus sont votre ouvrage.

> *La Néva de ses flots ira grossir la Loire*
> *Avant que ce bienfait sorte de ma mémoire.*

Mais j'admire comment ma plume, courant toute seule, oublioit de vous apprendre le nouveau placement de mon frère; en vertu d'une nouvelle grâce de *mon* bon Empereur, il a passé comme Colonel dans l'État Major Général à la Suite de S. M. I. Nous avions d'abord pensé à la Moldavie, mais j'ai peur que la saison des Cordons et des Te-Deums ne soit passée. Le fleuve d'or et de farine qui coule de la capitale vers la frontière, dans les guerres lointaines suit une loi toute différente de celle que suivent les fleuves proprement dits. Plus il s'éloigne de sa source, moins il est riche et profond, et plus il est sujet à tarir. Il faut d'ailleurs considérer d'un côté: la fièvre tierce, la faction de cour et d'armée, etc. et de l'autre: l'obstination turque, l'orgueil national, le principe religieux, le Balkan, le visir qui peut tout, etc. enfin, il nous a paru, en conseil de famille, que la paix étoit au moins probable, et que par conséquent un étranger, qui ne cherche que des coups et de la réputation, ne devoit pas se présenter dans une armée à la fin de la Campagne, au risque de n'entendre plus que le bruit des plumes criaillant sur le papier (*cho-*

rocho ou ni chorocho)[17]). En Géorgie, c'est autre chose. Le théâtre est éloigné, la guerre qu'on y fait, n'a ni commencement, ni fin. On arrive et l'on part quand on veut. Ce qui a achevé de nous déterminer, c'est le départ pour cette armée du Marquis Paulucci[18]), qui est revêtu là d'un commandement considérable, et qui a offert à mon frère de le demander comme officier de confiance. Voilà l'histoire. Le départ ayant été extrêmement précipité, mon frère n'a pu remplir aucun devoir, et pas même celui qu'il avoit le plus à cœur: de vous informer de sa nouvelle destination; de manière que je me suis chargé de l'acquitter auprès de vous.

Précédemment vous m'aviez flatté d'une lettre de Mme votre épouse; aujourd'hui je m'y oppose formellement. Je ne veux point qu'elle appuye sa pauvre petite poitrine sur une table, pour mes beaux yeux. Je la prie d'agréer mes hommages et les vœux que je fais *pour sa bonne conduite*. J'ai dans l'idée qu'elle se couvrira de gloire. Je ne vous dis plus rien de moi, M^r l'Amiral. C'est l'éternelle monotonie qui me conduira à ma dernière heure. Mes malheurs sont amers et sans remède; mais nulle part dans l'univers je ne pourrois trouver les doux palliatifs que m'a fournis ce pays, et surtout son Maitre[19]); j'en jouis avec reconnaissance, sans me permettre de spéculer sur l'avenir qui ne peut plus changer pour moi. Vous avez cru devoir fuir la terre paternelle, mais votre femme et vos enfans vous accompagnent, moi j'ai été chassé de

ma patrie, et jamais je ne reverrai ce que vous possédez.
Ah! c'est épouvantable. — Je vous embrasse de tout mon
cœur, M^r l'Amiral, en vous répétant, je ne sais pas trop
pourquoi, car rien n'est moins nécessaire, que je suis
pour la vie

Votre très humble serviteur et bon ami

N. N.

V.

St-Pétersbourg, 1 (13) Septembre 1810.

Madame,

Lorsque je vous priois, dans ma dernière lettre, de ne point appuyer votre pauvre petite poitrine sur une table, pour me procurer le plaisir de lire une de vos lettres, la votre, du 24 Juillet, était déjà arrivée, mais je ne le savais pas. Recevez donc mes remercîmens, Madame, puisque vous avez bien voulu prendre une peine si agréable pour moi. Ne dites pas du mal, je vous en prie, de votre *Anglois-françois* [20]). Je voudrois bien, je vous l'assure, pouvoir me parer d'un *François-anglois* aussi parfait. Écrivez d'ailleurs, Madame, aussi mal que vous écrivez bien; le style le plus barbare me paraîtra toujours fort agréable, lorsqu'il m'apportera l'assurance d'un souvenir et d'un attachement si précieux pour moi. Hélas! non : je ne puis plus *dormir ni m'éveiller* chez vous [21]), mais c'est quelque chose, et même c'est beaucoup que d'avoir l'honneur d'être désiré ; et j'y compte, puisque vous avez la bonté de m'en assurer en termes si aimables. Jugez, Madame, si vous êtes payée de retour. Souvent je m'amuse à rêver que la barrière de fer, qui nous sépare, tombe tout à coup, et que j'arrive incognito à la porte de votre Numero XIX. Un rêve est un rêve ; cependant c'est quelque chose de plus que rien. — Je ne sais pourquoi, Madame, il vous plait de *vous* accuser seule (en soulignant) d'avoir dérangé le beau projet de la Suisse, ni pourquoi vous consentez à être étranglée seule pour un crime, où vous avez nécessairement un complice. S'il fallait absolument punir quelqu'un, ma main tomberait plutôt — sur ce mauvais sujet d'Amiral ; cependant, Madame, je ne vous déclarerois pas innocente, mais je vous ferais grâce. J'espère que vous trouverez dans ce jugement de la conscience et de la galanterie. C'est de quoi se pique tout homme comme il faut, qui a appris le françois il y a plus de vingt ans. Quant aux modernes, je n'en réponds plus. — Mes idées antiques vous répondent de la pleine approbation que j'ai donnée à votre système sur la Bible. Vous faites à merveille de l'étudier chez vous ; et puisque vous vous êtes fait une idée quelconque des Patriarches de l'ancienne loi, d'après ce que nous en a raconté Moyse, il vaut cent fois mieux pour vous, garder ces idées que les réformer d'après les vers de Mr Legouvé et Compagnie. Cela fairait dans votre tête une confusion à n'en pas finir. Si j'étais à Paris, Madame, soyez bien sûre que je vous tiendrois compagnie pour tout ce qui concerne la Terre Sainte.

Il me seroit impossible de vous exprimer, combien j'ai été flatté de la pleine approbation, que votre seigneur et maître a bien voulu donner à la logique, que j'ai déployée, pour lui rendre raison de ma conduite. L'homme qui dit: *Vous avez raison*, fait toujours preuve d'un bon esprit et d'un caractère élevé; il y a cependant un tour de force encore plus merveilleux: c'est celui de dire *vous avez raison* à celui, qui contredit notre conduite et nos propres systèmes. Quelques phrases, que m'a adressées votre *Lord* sur la *Patrie* et le *Pays*, m'ont engagé à lui offrir l'occasion de s'élever encore à mes yeux, en prononçant ces trois grands mots: *Vous avez raison*, contre lui-même. Puisqu'il me fait la grâce de ne pas mépriser ma logique, je puis l'assurer (et ce n'est pas vous au moins qui me démentirez) que j'en ai mis autant que j'ai pu dans la petite dissertation ci-jointe, que je vous prie de lui remettre avec *votre main blanche* (Mylady Warren ne m'entend pas). Il y reconnaîtra au moins le langage le moins équivoque de l'amitié, de manière que ma logique se tient sûre d'être approuvée d'une manière ou d'une autre.

Mon frère est arrivé à Tiflis en 22 jours, et tout de suite il en est reparti pour le camp de *Larm*, qui est planté à 50 Wersts au delà de cette capitale de la Géorgie [22]). Je n'ai pas manqué de lui faire savoir l'intérêt que vous voulez bien lui accorder, et, certainement, il y sera très sensible. Je ne vous dis plus rien sur son compte, ayant épuisé ce sujet dans ma précédente lettre. J'espère, Madame, que vous appuyerez ma dissertation auprès de M^r l'Amiral, et que vous voudrez bien, pour rendre l'accent de la raison plus pénétrant, y joindre celui de la tendresse. Regardez bien le monde, et vous verrez que l'obstination sur ce point pourroit bientôt faire couler des larmes intarissables et inutiles. Je suis d'autant plus fort sur mes principes, que je ne crois point du tout aux prétextes, qui paraissent motiver une résolution aussi étrange. Un Saint peut-être pourrait quitter sa patrie, à cause des vices qu'il y remarquerait; mais le Saint resterait par pénitence. Souvent nous appelons *Force*, *Élévation*, *Grandeur d'Ame*, ce qui dans le fond n'est que faiblesse, car toute passion contentée est une faiblesse. Un honnête homme n'a que deux passions, l'orgueil et l'amour. Chez vous, Madame, et grâce à vous, *le petit drôle* ne fait pas un de ses brigandages ordinaires. Il est sage, il est modeste, il lit la Bible et les XXXIX articles, il se lève et il se couche aux heures convenables, il soupe chez lui, jamais on ne le rencontre chez le Restaurateur: enfin, on pourrait le canoniser; reste l'orgueil; c'est lui qui fabrique tous ces phantômes, toutes ces illusions qui pourront à la fin devenir si fatales. *L'homme sage doit tra-*

vailler toute sa vie à se rendre plus fort que lui-même. Si vous approuvez cette maxime (je dis *vous* au pluriel), je vous dirai de quel livre je l'ai tirée. En attendant, je soutiens que Voltaire n'aurait pu dire mieux, et que toute la sagesse est dans cette phrase. Me pardonnerez vous de m'aviser ainsi de vous envoyer des sermons? Obtenez moi seulement le pardon de votre ami: j'ai besoin d'entremise pour une si forte impertinence; quant au votre, Madame, je vous le demande directement; car je suis plein de confiance que vous ne me le refuserez pas.

Votre bon frère est ici depuis quelques jours. Je l'ai vu deux fois, et Dieu sait si nous avons parlé amoureusement[23]) de vous! Son imagination n'est pas couleur de rose — non plus que la mienne. Il vous dira tout ce que nous avons dit. Ainsi, je ne répète rien. Je lui remettrai à son départ une triste lentille bien concave, dont M.ʳ l'Amiral voudra bien se servir pour aider les yeux de son ami aveugle (je ne dis pas: *aveugle ami*; prenez bien garde) — mais voilà peut-être l'orgueil! Ah! le coquin: il se fourre par-tout. Heureusement il y a une bonne manière d'en faire justice; c'est de le faire juger par celui d'un autre. — Mais c'est assez radoter; il faut finir, non pas certes par lassitude, mais, comme disait M.ᵐᵉ de Sévigné, *parce qu'il faut que tout finisse.* Vous avez grand tort, Madame, d'invoquer les tours de force de ma mémoire, pour que je me ressouvienne de vous. Elle laisseroit plutôt échapper deux ou trois langues et vingt au-

teurs classiques qu'un souvenir, qui lui est si cher. Elle a
pour vous toute la fraicheur de son *antique jeunesse*, et je
lui ai entendu dire, qu'elle se ressouvient de vous précisément comme de ses livres, *parce qu'elle vous a étudiée.*
Sur cela, Madame, j'imagine que je suis chez vous, qu'il
est minuit et qu'il faut chercher mon chapeau (que je
perds toujours). Agréez, Madame, l'assurance la plus sin-
cère du tendre[24]) et respectueux attachement avec lequel je suis pour la vie

Votre très-humble serviteur et dévoué ami
M.

VI.

Un même objet a plusieurs noms, selon les différens points de
vue. — Mot de Rousseau. — Fausses maximes, fausse monnaie. —
Les nations sont dans l'ordre providentiel. — Elles ne s'aiment pas
entre elles. — Nation et homme, même chose. — Le nom de l'une
est une injure pour l'autre. — Imprudent qui abandonne sa patrie.
— Contrat entre les gouvernements et leurs sujets. — Charmes
du mot *Patrie*. — Émigration protestante. — Acceptions du mot
Étranger. — Loi de révolution. — Des devoirs des patriotes. —
Amour de la patrie.

Dissertation sur le mot: *Patrie*.[25])

Un même objet pouvant être considéré sous différens
rapports, il est tout simple qu'il ait plusieurs noms,
et c'est ce qui a lieu dans toutes les langues. — Lorsqu'on considère, par exemple, un certain lieu de l'univers,
par rapport seulement à sa position géographique et à sa
nature physique, on l'appelle *Pays*. On dit: c'est un beau
pays, c'est un triste *pays*, il a parcouru beaucoup de *pays*
etc. etc. Mais lorsqu'on vient à considérer cette même
région dans son rapport avec l'homme qui la possède et

qui a droit d'y habiter, et encore dans les rapports d'un côté, de puissance et de protection, et de l'autre, d'obéissance et de services qui unissent le sujet et le Souverain quelconque, alors elle s'appelle *Patrie*. Mais c'est toujours la même chose, et il est impossible d'avoir un Pays sans une Patrie, ni une Patrie sans un Pays. — Lorsque Rousseau a dit: *Dieu garde de mal ceux qui croient avoir une Patrie et qui n'ont qu'un pays*, il a dit une de ces sottises qui lui sont extrêmement familières, où la fausseté des paroles est couverte par une vaine perfection de style, dont un homme attentif ne sera jamais la dupe. Mais que M͏ʳ l'Amiral me permette de répéter ce que j'ai dit il y a long-tems: les *fausses maximes ressemblent à la fausse monnaie, qui d'abord est frappée par un coquin, et qui est dépensée ensuite par les honnêtes gens, qui ne la connaissent pas.* Lors donc que l'aimable ami me parle de l'*universalité de cette distinction* et des conséquences qu'on en tire, je n'ai rien à répondre sinon que j'en appelle à mon creuset, et que chacun a le droit d'en faire autant. — Il a plu à l'Auteur de toutes choses de diviser les hommes en familles qu'on appelle: *Nations.* Le caractère, les opinions, et surtout les langues constituent l'unité des nations dans l'ordre moral; et dans l'ordre physique même, elles sont dessinées par des caractères éminemment distinctifs. On voit au premier coup d'œil que tous les nez tartares doivent habiter ensemble, et que l'œil d'une Chinoise n'est pas fait pour s'ouvrir à côté de celui d'une

Italienne. — Si les nations sont ainsi divisées et distinguées, leurs habitations le sont aussi. Les mers, les lacs, les montagnes, les fleuves, etc. forment de véritables *appartemens*, destinés à des familles plus ou moins nombreuses. — Voyez sur la carte l'Espagne, la France etc. Personne ne peut douter, que ces grands plateaux n'aient été dessinés et circonscrits exprès pour contenir de grandes nations, et c'est en effet, ce qu'on a toujours vu. — Il est encore bien essentiel d'observer, qu'outre l'élément d'attraction qui forme l'unité nationale et qui résulte de la communauté de langue, de caractère, etc. cette unité est encore prodigieusement renforcée par l'élément de répulsion qui sépare les diverses nations. — En effet, c'est une vérité désagréable. Mais hélas! c'est une vérité. *Les nations ne s'aiment pas,* — mais que dis-je? les *nations*: ce sont les *hommes* qui ne s'aiment pas. N'entend-on pas dire tous les jours — «je suis las des vices et des ridicules des hommes; je m'éloigne du monde autant que je puis, je me renferme dans ma famille.» — Que voulez vous dire, Monsieur? est ce que vous n'êtes pas un *homme* par hazard? est-ce que votre famille n'est pas composée d'*hommes*? Le fait est que vous venez chercher chez vous des défauts qui sont les vôtres, ou, du moins, auxquels vous êtes accoutumé, et votre voisin qui fait tout comme vous, vous fuit comme vous le fuyez. — Transportez cette triste observation aux nations considérées comme unités morales, vous retrouverez la même vérité cruelle: *les nations ne s'aiment pas.* — Observez une chose singulière. Le nom de toute nation est une injure chez une autre. L'Anglais dit *french-dog*; le Turc plus généralement, *chien de chretien*; le Français, *plat - rosbiff, lourdaut d'Allemand, traître d'Italien* etc. etc., et Dieu sait si on le lui rend! — Il suit de cette observation, non seulement vraie, mais *trop vraie*, que le plus imprudent des hommes est celui qui abandonne sa patrie, où il a des droits et jouit de *l'attraction* commune, pour s'en aller chez une nation étrangère s'exposer à la *répulsion*, sans aucun droit pour y résister. — A cette considération, qui est décisive, se joint celle de la morale, qui l'est encore davantage, s'il est possible. — Tout gouvernement jure à tout enfant qui naît sous ses ordres: protection, défense et justice; et réciproquement l'enfant promet: obéissance, secours et fidélité jusqu'à la mort. — Anéantissez ce principe! il n'y a plus de société. — Une des intentions les plus visibles de la création, c'est que tous les pays soient habités; il y a donc un charme général attaché à ce mot de Patrie, et ce charme est plus vif, peut-être, sous la hutte du Grœnlandais et du Hottentôt, que sous les lambris de l'Ermitage ou des Tuileries. — Et ce sentiment étant nécessaire, naturel et sacré, la conscience de tous les hommes l'a sanctionné puissamment, en repoussant tout homme qui abdique sa patrie. — Il dira ce qu'il voudra, il s'excusera comme il l'entendra; jamais il n'effacera cet anathème, et toujours on pensera mal de lui. — Qu'y avait-il de plus excusable, de plus louable même, au moins en apparence, que l'émigration des Protestants français à la révocation de l'Édit de Nantes? et cependant, dans les pays même où ils ont été le mieux accueillis, ils font toujours une certaine caste séparée du reste de la nation, et je vois toujours un *R* majuscule sur leurs fronts. — L'étranger ne doit jamais être que voyageur; du moment où il se fixe, sa position devient fausse et désagréable. Cela est si vrai que ce mot d'*étranger* a été pris pour synonyme de *déplacé*, et l'on dit à un homme «*vous êtes étranger ici,*» pour lui dire «*vous ne devriez pas y être.*» — Une exception incontestable à la règle générale est le cas de révolution; en effet, lorsque la Souveraineté, à laquelle j'ai prêté serment, est détruite, je suis libre d'en chercher une autre. C'est exactement le cas d'un mariage dissout par la mort de l'un des conjoints; l'autre a sans doute le droit de se remarier, et cependant il faut bien y songer, même dans ce cas avoué par la conscience, avant de quitter sa patrie, et nous avons vu de beaux exemples des fautes qu'on peut commettre dans ce genre. — Mais hors de cette supposition, rien ne peut excuser l'abandon de la Patrie. Les défauts du gouvernement seroient le plus mauvais des motifs, car chacun est obligé de servir et de défendre celui qui est établi chez lui, tel qu'il est. — Otez ce principe, l'univers sera plein de promeneurs qui voyageront pour chercher un gouvernement qui leur convienne. Exposer une pareille idée c'est la réfuter. Il **y** a partout du bien et du mal, et partout où l'on est sage, on peut vivre tranquillement.

For forms of government let fools contest!
Whatever is best administred, is best.

On me dira: «vous tenez ce discours sous Alexandre; l'auriez-vous tenu sous un autre?» — En premier lieu, je réponds *oui*, sans balancer, — mais j'ajoute: la même forme de gouvernement n'a-t-elle pas produit Fabius, Scipion, les Gracques et les Triumvirs? montrez moi un pays où il n'y ait pas eu d'horribles abus. — La nécessité d'aimer sa patrie et de la servir est si évidente que l'étranger même, qui devrait être indifférent, ne pardonne pas à l'homme qui parle mal de la sienne, — c'est autre chose encore dans le pays critiqué. — Que l'orgueil national irrité s'élève avec force contre l'homme qui déchire sa patrie! L'amitié qui entend, qu'a-t-elle à répondre? si elle disait: *il a raison*, elle fairait beaucoup de tort à elle et nul bien à l'autre. Elle doit répondre: «*C'est un homme d'esprit et de mérite qui a tort comme vous, Monsieur et Madame, qui avez aussi de l'esprit et du mérite, et qui, une fois le jour, vous trompez sûrement sur quelque chose*». — Or, qu'est-ce qu'un sentiment sur lequel l'amitié, même courageuse, doit passer condamnation? — Donc, après qu'un homme distingué de toutes manières a suffisamment changé d'air, qu'il a mangé assez de pêches et de raisins, et que sa femme a fait un garçon, il doit revenir dans sa *patrie. Ce qu'il falloit démontrer.*

NOTES.

1) Écrivant à un marin, le Cte de Maistre n'épargne pas les métaphores navales.

2) Il paraît qu'il s'agit ici de la maison de l'Amiral, et qu'elle était habitée par l'un des deux frères de celui-ci.

3) Réformes d'Alexandre I. Création du Comité des Ministres et du Conseil de l'Empire.

4) Le Marquis de Traversé, Amiral et Chevalier des Ordres de Russie.

5) Le Cte *Xavier de Maistre*, auteur du «Voyage autour de ma chambre» et du «Lépreux», avait été nommé, en 1805, directeur de la bibliothèque et du musée de l'Amirauté, à St-Pétersbourg. Il était alors Lieutenant-Colonel. Plus tard il passa à l'État-major comme Colonel, servit au Caucase et devint Général-major. Il épousa la Demoiselle d'honneur de L. L. M. M. les Impératrices *Zagriatzky*, et mourut à St-Pétersbourg, fort avancé en âge.

6) Wassilii Wassiliewitch Tchitchagoff, Général-major en retraite, était frère de l'Amiral qui s'appelait Pavel (Paul) Wassiliewitch. Leur père était Wassilii Iakowlewitch Tchitchagoff, c.-à-d. fils de Jacques.

7) Il est dit dans la préface, que Mme Tchitchagoff était Anglaise.

8) Le Cte de Maistre se sert ici du mot Russe *brat* (брать), qui signifie *frère*, — pour désigner le Cte Xavier.

9) C'est encore un terme Russe : хорошо, qui veut dire *très bien, fort bien.*

10) Déjà dans la lettre N^o I, le Cte de Maistre parle de sommeiller et de dormir en disputant. Il explique lui-même dans une lettre citée dans la préface de ses *Lettres et Opuscules* (2de édition), que par suite de cruelles insomnies, il avait été sujet, lors de son séjour à St-Pétersbourg, à des accidents de sommeil; qu'à force de fatigue, il lui arrivait fréquemment de s'endormir en société et qu'on avait cherché à représenter à la Cour cette indisposition comme un affaiblissement de ses facultés mentales.

11) Le Cte Rodolphe de Maistre, alors Officier aux Chevaliers Gardes. A l'âge de 25 ans il était Lieutenant-Colonel à l'État-major général des armées Russes.

12) Il est question ici de l'Empereur Alexandre I. Le Cte Joseph de Maistre ne manquait jamais dans ses lettres de parler de ce Monarque avec reconnaissance et enthousiasme. Ces mêmes sentimens se retrouvent sur les pages 64—66, 117, 218 etc. des *Lettres et Opuscules.* Voici comment il s'exprime dans une dépêche au Roi, datée de Décembre 1809 : «L'Empereur a été reçu à Moscou avec des transports de joie véritablement attendrissants. Parti en traineau découvert qui ne portait que lui et son Grand Maréchal, il est entré à Moscou à cheval, absolument seul, n'ayant pas même un domestique à sa suite. Il a marché jusqu'au Kremlin au milieu de 200/m. hommes qui serraient son cheval. A peine l'Empereur pouvait il avancer. On se jetait sur lui, au pied de la lettre. On baisait sa botte, les harnais, la tête de son cheval. On lui prodiguait une foule d'expressions tendres, reçues dans la langue Russe: *papa, bel Empereur, ange* etc. C'est au milieu de ce cortège et de ces acclamations qu'il est arrivé, en pleurant de joie.» —

13) Mlle Julie Tchitchagoff a épousé ensuite le Baron Brouhet de St Martin.

14) Voyez la note 2.

15) Le bal du Prince Schwarzenberg à l'occasion du mariage de Marie Louise. Il a eu lieu le 1 Juillet (20 Juin *vieux style*).

16) Il se peut qu'il soit ici question de Mme Tchitchagoff elle-même, soit d'une de ses filles dont la seconde a épousé le Cte de Cruy-Chanel, magnat d'Hongrie, et la troisième le Cte Du Bouzet Capitaine de vaisseau, Français.

17) Voyez la note 9me.

18) Le Marquis de Paulucci, qui a acquis une belle réputation militaire en servant la Russie, a été, encore sous le règne de l'Empereur Nicolas, Général-Gouverneur des provinces Baltiques. Sur le déclin de sa carrière, il est retourné dans son pays natal, le Piémont, et a été quelques années Podesta à Gênes, où il est mort en 1848.

19) Voyez la note 12me.

20) Voyez la note 7me.

21) Voyez la note 10me.

22) Voyez la note 5me.

23) 24) Les expressions *amoureusement*, *tendres* compliments, *tendre* attachement, n'ont rien de surprenant dans le style du Cte Joseph de Maistre. Il les emploie souvent. Il écrivait à sa fille: «Je t'embrasse amoureusement,» — et à l'Amiral Tchitchagoff: «Dieu Vous a frappé très amoureusement....»

25) Cette lettre ou plutôt cette annexe est d'un intérêt particulier dans ce recueil, car elle prouve qu'en 1810 déjà, l'Amiral Tchitchagoff pensait à s'expatrier, ce qu'il a réellement fait plus tard. Dès 1813, il séjourna alternativement en France, en Angleterre et

en Italie. Vers 1825, il s'était fixé à Paris, mais en 1830, il habita Londres durant quelques années. Il perdit la vue, et son ami d'enfance, le Maréchal Prince Michel Woronzow, avec lequel il avait fait ses études en Angleterre, eut le chagrin de le revoir dans cette triste situation, lors d'un voyage qu'il fit dans ce pays en 1843. Les forces de l'Amiral Tchitchagoff faiblissaient sous la pression de l'âge et des infirmités, lorsque les médecins de Londres conseillèrent, au mois d'Août 1849, un changement d'air. On transporta le malade à Paris, dans son ancien logement de la rue de la Ville-Evêque, Nº 41, où il mourut le 10 Septembre, âgé de 82 ans. Ses obsèques eurent lieu à la chapelle Protestante de l'Allée Marbeuf. C'est à Sceau, où l'Amiral avait possédé une propriété, que fut inhumé son corps, à côté de celui de son frère, Wassili Wassiliewitch Tchitchagoff. L'Amiral était Chevalier des Ordres de St Alexandre Newsky, de St Wladimir 1re classe, de Ste Anne 1re classe, de l'Ordre militaire de St Georges 4me classe, ainsi que des Ordres de l'Aigle noir et de l'Aigle rouge de Prusse. Son père, l'Amiral Wassili Iacowlévitch avait successivement reçu pour ses glorieux services : le cordon de St Alexandre Newsky, la Grand'-Croix de l'Ordre militaire de St Georges *1re classe* et le collier de St André. Catherine II fit placer son buste à l'Ermitage avec cinq des contemporains de cet homme éminent, qui avaient concouru, comme lui, à illustrer ce Règne. Ces bustes sont à-présent au Palais d'Hiver, dans la salle dite d'*Apollon*, parce qu'une statue d'Apollon s'y trouvait autrefois, tandis qu'aujourd'hui cette pièce est remplie de souvenirs des victoires de Pierre le Grand, etc. Il reste à ajouter que, comme conséquence de la faveur dont l'Empereur Alexandre I honorait son Ministre Paul Tchitchagoff, Mme Elisabeth Tchitchagoff, quoique étrangère, a été Dame de l'Ordre de Ste Catherine de la 2e classe, que l'on donne ordinairement aux femmes des grands dignitaires Russes.

Mme Tchitchagoff est décédée à l'étranger. Son corps a été transporté à St Pétersbourg et y a été inhumé dans la partie du cimetière de Notre-Dame de Smolensk, affectée aux dissidents. On lit sur sa tombe :

My only treasur.

Ceaseless Sorrow.

Quant à la chapelle qui s'élève au-dessus de ce monument, à l'entrée même du cimetière, on lit sur le fronton l'inscription suivante :

By bliss for ever I have buried here the 24th of July 1811.

P. Chechagoff.

ERRATA : page 5, aulieu de la date 1812 (la première fois) lisez 1811.